folio benjamin

W0345640

Pour Puppa

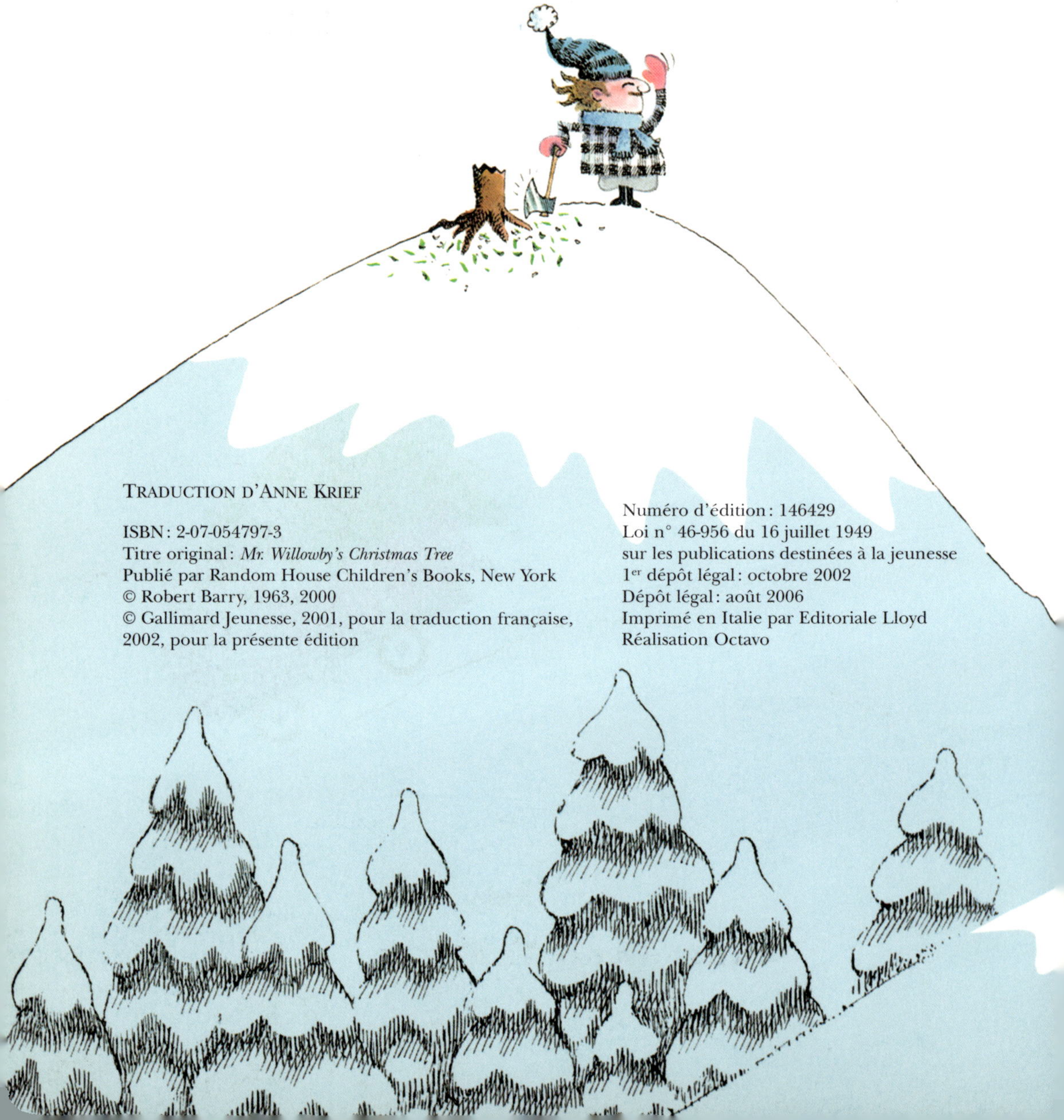

TRADUCTION D'ANNE KRIEF

ISBN : 2-07-054797-3
Titre original : *Mr. Willowby's Christmas Tree*
Publié par Random House Children's Books, New York

Numéro d'édition : 146429
Loi n° 46-956 du 16 juillet 1949
sur les publications destinées à la jeunesse
1er dépôt légal : octobre 2002
Dépôt légal : août 2006
Imprimé en Italie par Editoriale Lloyd
Réalisation Octavo

Robert Barry

Le sapin de monsieur Jacobi

GALLIMARD JEUNESSE

Le sapin lui fut apporté
À domicile par un coursier.
Un arbre aussi grand,
aux branchages aussi drus,
Monsieur Jacobi
n'en avait jamais vu.

Il courut ouvrir la porte
à deux battants :
Il l'avait tant attendu,
ce moment.

– Quel arbre magnifique, majestueux !
Pourriez-vous l'installer, mon bon monsieur ?

– Cette année, nous le dresserons
Devant les fenêtres du salon.

Mais, à peine le sapin mis en place,
Monsieur Jacobi fit la grimace :
Le sommet atteignait le plafond déjà haut.
– Grand Dieu ! dit-il, il faut en couper un morceau.

On demanda au majordome
de l'étêter,
Bien que ce gaspillage
eût l'air de l'embêter.
– Dépêchez-vous, Justin,
Dit monsieur Jacobi.
Je veux dès aujourd'hui
Décorer mon sapin.

Une fois la coupe achevée,
On déposa le plumet
Sur un plateau argenté.
– Je sais à qui l'offrir,
déclara Justin.
Il va lui faire plaisir,
ce petit sapin.

On l'offrit donc à miss Adèle
Qui servait son maître avec zèle.

– Ne sera-t-il pas chou
Une fois enguirlandé ?
Mais peut-être qu'il faudrait
Lui couper un bout…

Aussitôt dit aussitôt fait :
En fredonnant un air guilleret,
Saisissant ses ciseaux, miss Adèle
Réduisit l'arbre de Noël…

Jeta le reste à la corbeille,
Vidée plus tard comme les poubelles.

Or ce bout d'arbre attira le regard
Du jardinier qui passait par hasard ;
Car Tom ne pouvait supporter
De voir une plante jetée.

Il l'emporta tout feu
tout flamme
Pour voir quelle tête ferait
sa femme.

– J'ai une surprise, ma chérie !
Sa femme fut tout ébahie.

– Mais c'est tellement petit,
chez nous,
Qu'on ne pourra
pas garder tout !
Et avant que Tom de dire
« ouf » ait eu le temps,
Du sapin elle coupa la tête

Et la jeta par la fenêtre
En deux temps et trois mouvements.

Passait par là l'ours Barnabé
Qui, à quelques poils près, la prenait sur le nez.
– Quelle idée de jeter un sapin
Quand on sait que Noël c'est demain !

– C'est décidé : je le rapporte à la maison !
Voyez, ma mie, un cadeau pour vous et fiston.

– Ne fait-il pas joli, mon sapin, ici ?
Demanda Barnabé d'un ton endormi.
Mais déjà Petit Ours criait au scandale :
– On ne peut pas lui mettre son étoile !

– Tranchons-en un morceau, dit Barnabé.
À partir du pied, ce sera plus beau.

Mais Maman Ours secoua la tête
Et coupa celle de l'arbre de fête.

– Il est superbe ! dit l'ours, sautant en l'air.
C'était une excellente idée, ma chère.
Ornons-le de clochettes, de fruits étranges,
De guirlandes de pop-corn, de cheveux d'ange.

– Décorez-le comme vous voudrez, très cher,
Moi, pour le dîner, j'ai beaucoup à faire.
De ce petit bout d'arbre nous n'avons plus besoin :
Je vais le déposer devant la porte, non loin.

Cette même nuit, un peu plus tard,
Surgit soudain Maître Renard.
Il vit le petit bout, se frotta le menton,
Ouvrit sa besace, y glissa le rogaton.

Puis il détala vers son repaire
Et, d'un bond, sauta la barrière :
Ce cadeau était une affaire !

– C'est mieux qu'un pudding pruneaux et noix !
Dit Madame sans cacher sa joie.

Hélas, la famille découvrit bientôt
Que ce beau cadeau était un peu haut.

– Ne vous faites donc pas de souci,
Je vais régler ça, mes petits.

Puis Benjamin Lapin le découvrit
Devant le repaire de Maître Renard.
Sans hésiter il s'en empare :
– Pour ma famille le Père Noël ici l'a mis.

Il rameuta tout son terrier :
– Venez voir ce que j'ai trouvé !

Et tous les petits lapins,
Une carotte à la main,
Pour l'arrivée du sapin
Dansèrent et festoyèrent.

Monsieur Lapin, qui savait y faire,
Fit un socle au petit conifère.

– Il sera du plus bel effet
Sur notre petite cheminée.

Au milieu, il fut déposé,
Et les enfants de s'écrier :
– Calamité ! Il est penché !

– Il est trop grand, mes p'tits lapins,
Dit Dame Simone, le tranchoir à la main.
Il ferait beau voir qu'on n'en vienne à bout !
Elle le trancha d'un coup sec, d'un seul coup ;
Puis jeta hors du trou…

Le petit bout !

Enfin Guy Souris découvrit
Ce sapin petit, tout petit.

Il le traîna dans la neige et le froid…

Escalada… Tomba deux fois !

Et finit par arriver dans son nid douillet.

– Il est parfait !
Dit madame Guy, qui s'y connaît.

Et au sommet, figurez-vous,
Brillait une étoile en comté extra-doux.

Oui ! N'était-ce pas inouï
De retrouver chez les souris
Le sapin de monsieur Jacobi ?